연을
날리면

김예지 지음

'쉿! 숲 웅덩이에 누가 있어'

맑은샘

차례

수철이

연이 바닥으로 곤두박질쳤다. 언제 와 있었는지 수철이와 수철이를 깍듯하게 모시는 어린애들이 바닥에 있는 내 연에 연신 손가락질을 해댔다. 나는 아랑곳하지 않고 바닥에 놓인 연에만 눈길을 둔 채 걸어갔다.

"대단하다. 대단해."

수철이가 손뼉을 치며 말했다. 커다란 손이 귀를 때리는 듣기 싫은 소리를 냈다. 대단하다고 말할 거라면 이죽거리지나 말든지. 성의 없는 녀석이라고 생각하며 날 내려다보는 수철이를 지나쳤다.

"나 같으면 벌써 그 연은 불쏘시개로 써 버리고 네 여동생이랑 공기놀이나 했을 거야."

내가 본인을 무시한다는 걸 알기는 아는지 열이 받은 수철이가 내 등 뒤에 대고 소리를 쳤다. 수철이는 말을 한마디 내뱉고 나면 입술을 동그랗게 모으고 쭉 내밀기를 반복했다. 주름이 자글자글한 똥구멍 같았다. 계속해서 저런 말을 내뱉을 거라면 입술 대신 똥구멍을 달아놔도 괜찮을 것 같았다. 그런 생각을 하자 웃음이 나왔다.
나는 똥구멍 생각은 하지도 않은 척 머리를 한 번 털어내고는 흙이 잔뜩 묻어 인절미가 되어버린 연을 주워 들었다.
'오늘은 콩고물이 아주 많이 묻었군.'

연을 가볍게 흔들어 흙을 털어 냈다. 마름모 모양의 하얀 종이 위에 회색 코끼리가 선명하게 드러났다. 내가 그린 코끼리가 그려진 이 세상에 하나뿐인 연이었다. 나는 일부러 자그마한 돌부리조차 찾을 수 없는 바닥에서만 연을 날렸다. 하늘로 올라간 연은 살랑살랑 바닥으로 내려오지만 내 연은 그렇지 않았다. 바닥으로 곤두박질치기 일쑤였으므로 돌에 부딪혀 연이 찢어지는 비극은 일어나서는 안 됐다.

연을 못 날리는 슬픔은 나 혼자 겪어도 되는데 수철이 녀석은 늘 나를 쫓아다니며 면박을 주거나 비웃거나 했다.

"쳇."

내가 더 이상 반응이 없자 수철이가 발걸음을 돌렸다.

우리 마을에서 바보를 둘 뽑으라면 첫 번째는 황수철이고 두 번째는 김연우였다. 참고로 내가 손에 들고 있는 코끼리 연의 뒷면에는 '김연우'라는 이름이 적혀 있다.

수철이가 바보인 이유는 다음과 같다. 1. 수철이의 키는 나보다 머리 한 개만큼 더 크다. 2. 나이는 나랑 같은 13살이다. 3. 우리 마을에서 연을 가장 잘 날린다. 4. 그런데도 이사 와서 반년이 지났지만, 한 번도 연을 띄우지 못한 나를 괴롭힌다. 내가 바보인 이유는 수철이가 바보인 이유 중 네 번째와 별반 다르지 않았다.

연들의 천국

내가 얼마 전 이사 온 이 시골 마을은 하늘에 구름보다 연이 더 많이 떠 있어 연들의 천국이라고 불렸다. 마른 흙고물이 끝없이 펼쳐진 벌판에서 아이들은 제 몸만 한 연을 뒤에 두고 온 힘을 다해 뛰었다.

수많은 뜀박질 소리와 함께 흙먼지가 뭉게뭉게 피어났다. 연들이 그 사이를 힘차게 뚫고 나왔다. 하늘 위로 올라간 연들은 구름에 닿을 듯 말 듯 춤을 추기도 하고 하늘을 수영장 삼아 우아한 영법을 뽐내기도 했다. 이곳의 아이들은 하늘 위에서 연을 오래 놀리는 방법을 알았다. 바람에 연

을 맡기는 방법도, 그리고 바람이
원하는 만큼 실을 내어 줘야 한다는
것도.

　사실 연을 날리는 것에 큰 기술이 필
요한 것은 아니었다. 적어도 내가 보기에는
그랬다.

　위에 언급한 사실들은 나도 알고 있었다. 이론
이라면 빠삭했다. 중요한 것은 바람이었다. 벌판
엔 도통 바람이 불지 않았다. 내 머리카락 한 올
조차도 살랑이지 않았다. 그런데도 다른 아이
들의 연은 불지도 않는 바람을 타고 하늘로
올라갔다. 그게 태어나자마자 연의 고향에
살고 있는 아이들과 나의 차이였다. 나는
꼭 연을 날리고 싶었다. 비가 오는 날
을 제외하면 나는 매일 벌판으로 나
왔다.

　사막이 아닌데 사막
처럼 황량한 느낌이
만연한 벌판.

이 마을의 벌판에서는 초록색을 보기가 어려웠다. 생명이 자라기 힘든 환경이었다. 그도 그럴 것이 며칠씩 비가 온 다음 날이면 식빵에 핀 곰팡이처럼 새싹들이 무더기로 올라오기도 했지만, 비가 그치기만을 기다리던 어린이들이 벌판으로 뛰쳐나왔다. 수많은 발바닥들이 자비 없이 새싹들의 머리 위로 날아들었다.

끝없는 사막에도 오아시스가 있듯이 이 마을에서도 초록색을 원 없이 볼 수 있는 곳은 있었다. 연을 날리는 메인 벌판을 벗어나면 키가 어마어마하게 큰 나무들이 가득한 숲의 입구가 나왔다. 나는 이 숲을 매일 매일 지나갔다. 숲의 끝에 우리 집이 있었기 때문이다.

한 줄기의 빛도 양보하지 않겠다는 듯 서로 얽히고설켜 있는 나무들 덕분에 숲의 내부는 깜깜한 밤 같았다. 10분 정도만 걸으면 숲을 빠져나올 수 있었지만, 어둠에 익숙해지기 전까지는 으스스한 기분이 들었다. 보통 나는 아무렇지 않은 척 입구로 들어가서는 용수철이라도 밟은 듯 앞으로 뛰어가곤 했다. 수철이가 이 모습을 목격하는 건 상상하기도 싫었다. 다행히도 수철이를 포함해서 숲 근처에 사람들이 있는 건 매우 드문 일이었다. 이 마을 사람들은 대부분 숲 반대편에 모여 살았다. 사실 그 대부분이란 우리 가족을 제외한 모든 마을 사람을 말했다.

내 동생은 코끼리

"헉. 헉."

나는 연을 들고 뛸 때보다 더 헐떡거리고 있었다. 덜 짜진 행주처럼 축축한 숲길에 운동화가 쩍쩍 달라붙는 소리와 함께 내 숨소리가 울렸다. 처음 이 길을 걷던 날이 생각났다.

"우리 집은 왜 여기에요? 숲길도 무섭고 바닥도 진흙투성이에요. 이 길을 매일 지나가야 한다면 저는 매일 매일 운동화를 빨아야 할 거예요."

12살의 철 없던 내가(6개월 전에는 12살이었다) 툴툴거렸다.

"마을 사람들이 사는 곳에는 나무가 별로 없어. 의사 선
생님이 말씀하셨잖아. 나무가 내뿜는 공기를 마시는 게 병
에 도움이 될 수 있다고. 이 마을에서 유일하게 초록색을 매
일 볼 수 있는 곳이야. 정말 행복하겠지? 연우야 숨을 크게
내쉬어 봐. 너무 좋단다. 운동화 빨기가 정 싫으면 맨발로
다니렴. 훗챠."

엄마는 등에는 동생을 업고 양손에는 엄마 몸보다 커다
란 보자기를 두 개나 들고도 씩씩한 목소리였다. 1년 전이라
면 상상도 못 했을 모습이었다. 송이는 초등학교 1학년밖에
안 된 키 작은 꼬맹이였지만 몸무게는 아주 아주 많이 나갔
기 때문이다. 나도 가끔 송이를 안아주고 싶었지만, 송이를
들고 있으면 양팔이 저려 왔다.

특히 배가 인상적이었다. 안에서 수박을 키우고 있다고
해도 믿을 만큼 앞으로 동그랗게 튀어나와 있었다. 무게를
꽉꽉 실어 걷는 발걸음 소리를 듣고 있자면 마치 아기 코끼
리가 걸어오는 것 같았다.

"아. 아. 여기는 밀림. 무시무시한 코끼리가 나타났다. 코끼리 목에 이름표가 있다. 망원경으로 살펴보겠다. 성은 김이다. 김, 송… 이! 아얏!"

보이스카우트 모자까지 쓰고 자못 심각한 표정으로 리모컨을 입에 댄 채 말하는 내 등을 송이는 퍽퍽 소리가 나게 쳤다. 한동안 등짝이 빨개져 있을 만큼 힘이 셌던 송이는 배도 얼굴도 홀쭉해져서는 힘없이 엄마의 등에 업혀 있었다.

그날 생각을 하다 보니 내가 숲의 출구를 지나쳤다는 것도 몰랐다. 나는 급하게 뛰던 걸음을 멈췄다. 우리 집은 숲을 빠져나오자마자 바로 보였다. 처음 지어졌을 때는 분명 황갈색이었을 벽돌집이 이끼에 뒤덮여 청록색을 띠고 있었다. 멀리서 보면 작은 숲 같기도 한 이 집은 나무가 내뱉는 숨을 다 송이 코에 불어 넣어 주고 싶었던 엄마의 선택이었다. 안타깝게도 나무가 내뿜는 숨에는 물이 가득했다.

"후우. 집에 들어가기 싫다."
"그런 말을 집 앞에서 하는 건 실례지. 집이 얼마나 서운하겠니?"

집에 들어가지 않고 문 앞에서 신발 앞코로 땅만 차고 있던 나를 엄마가 어깨로 살짝 밀어 넣으며 말했다.

"죄송해요. 다음부턴 멀리서 하고 올게요. 어디 다녀오세요?"
"숲에서 고사리를 좀 땄어. 연우야 아직도 숲이 그렇게 무섭니? 마치 사자에게 쫓기는 얼룩말 같더구나."

엄마는 멀리서 하고 오겠다는 말이 마음에 들지 않는다는 듯 미간에 주름을 하나 만들었다가 이내 다시 활짝 웃으며 대답했다.

"엄마는 무섭지 않아요?"
"엄마는 무섭지 않아. 세상엔 무서운 게 너무 많아서 어두움은 무섭기보다는 당연한 거란다. 연우야, 이제 집에 들어가자. 집에 오기 싫은 이유가 설마 고사리는 아니겠지?"

엄마가 들고 있던 바구니에서 고사리 하나를 꺼내 흔들며 말했다. 나는 고개를 끄덕였고 회색 철문에 달린 동그란 문손잡이를 돌렸다.

문을 열고 들어간 집 안은 후끈후끈했다. 우리 집은 보일러를 틀지 않으면 견딜 수 없을 만큼 습했다.

"송이, 오늘은 소파에 앉아 있네? 기특해라. 오빠 기다렸구나. 엄마가 맛있는 저녁 해 줄게."

엄마가 말했다. 나는 소파에 앉아 있는 송이와 눈이 마주쳤다. 정확히는 소파에 거의 몸을 맡겨버린 채 누워 있는 형태였지만. 나와 눈이 마주친 송이의 눈이 반짝 빛났다. 연을 하늘에 띄웠냐는 눈초리였다. 나는 고개를 한 번 저었다. 송이는 다시 말없이 눈을 감았다. 송이는 힘이 없어지는 병(?)에 걸린 이후로는 말을 잘 하지 않았다. 입술을 움직일 힘도 없어진 듯했다. 내가 하는 말을 듣고 있단 건 알 수 있었다. 눈을 보면 알았다. 나는 잠깐이지만 송이의 눈이 아프기 전처럼 초롱초롱해진 게 좋았다.

"이제 좀 알겠어. 내일은 연을 날릴 수 있을 것 같다는 느낌이 딱 들어. 송이코끼리님, 구름 구경할 마음의 준비 되셨습니까?"

송이 옆에 앉은 내가 건들거리는 목소리로 말했다.

내 말에 송이의 감은 눈이 반달로 접혔다. 나는 송이의 이마에 손을 살짝 대었다. 미지근한 온도였다.

송이는 아프게 되기 전날 밤 열이 펄펄 났다. 식은땀을 흘리며 입에 거품을 무는 송이를 가장 먼저 발견한 건 나였다. 송이는 구급차에 실려 내가 살던 동네에서 가장 큰 병원에 입원했다. 1년을 넘게 병원에 있었지만, 송이 상태는 점점 나빠져만 갔다.

"쓸 수 있는 약, 치료 모두 없습니다. 더 이상 병원에 있는 게 도움이 되지 않아요. 송이는 몸에 침입한 병균과 싸우는 과정에서 너무 지쳐 버렸어요. 다행히 생명의 불꽃이 꺼지지는 않았지만 그뿐입니다. 이전과 같은 모습으로 돌아오려면 얼마나 시간이 걸릴지 장담할 수 없어요."

손가락 마디만 한 굵은 뿔테안경을 쓴 의사가 눈 밑으로 내려가는 안경을 연신 고쳐 쓰며 말했다. 엄마는 그길로 짐을 싸서 병실에 있는 송이를 안아 들고 병원을 나왔다. 집으로 가는 버스를 기다리는 엄마 옆에서 계속 씩씩거리던 나는 참지 못하고 엄마에게 말했다.

"아까 의사 선생님이랑 있을 때 왜 웃었어요? 송이가 평생 저렇게 누워 있을 수도 있다고 하는데, 엄마는 안 슬퍼요?"

"연우야, 엄마는 송이가 너무 기특해서 웃음이 나왔어. 온몸에 힘이 다 빠질 정도로 아팠는데도 세상에 남아 준 게 다행이라 기뻤어."

엄마가 말했다. 엄마는 품에 안긴 송이를 더 꼭 안았다. 엄마 말을 듣고 나니 송이가 대단해 보였다. 하늘나라로 가지 않고 여기 남아 준 내 동생. 나는 엄마 겨드랑이 밑에 삐져나온 송이의 손을 잡았다. 예전처럼 오동통하진 않았지만 따뜻했다.

이 마을로 이사 오고 나서부턴 송이는 엄마와 함께 안방에서 지냈지만, 송이가 아프기 전까지만 해도 우리는 한 방에서 같이 잠을 잤다. 내가 5학년에 들어가기 전까지는 무려한 침대를 썼다.

초등학교 3학년 때까지만 해도 여동생과 같이 잔다는 건 아주 자랑스러운 일이었다. 여동생과 사이가 그만큼 좋다는 거였으니까. 5학년이 되고 나서야 깨달았다. 친구들에게 동생 배가 얼마나 귀여운지 묘사하거나 수박을 오물오물 먹는 동생 입이 귀여워서 볼에 뽀뽀를 해줬다는 이야기 따위는 내 친구 관계에 전혀 도움이 되지 않았다.

"여동생? 귀찮은 존재지. 우리는 눈만 마주쳐도 서로 으르렁거려. 어제는 서로 너무 욕을 해대서 아빠한테 엉덩이를 맞았다니까. 동생은 한 대 맞더니 엉엉 울어버려서 나만 두 대를 맞았어. 정말 짜증 나. 연우 너도 여동생 있지? 넌 좀 어때?"

우스꽝스럽게 우는 표정을 짓던 친구가 자기 말에 놀란 듯한 내 표정을 살피며 물었다. 난 갈림길에 서 있었다. 친구와 나 사이에 균열이 생기기 직전이었다.

"나도 그래. 정말 귀찮아. 어제는 수박 먹는 모습이 너무 돼지 같아서 입맛이 떨어지더라니까. 먹던 수박을 내려놓고 방으로 들어가 버렸어."

다소 어색한 말투였지만 친구는 내 어깨에 손을 두르며

웃었다. 전날 밤 나는 수박 같은 배를 두드리며 수박을 먹는 송이가 귀여워서 송이의 볼에 **뽀뽀**했었다. 한동안 나는 죄책감에 시달렸다. 송이의 얼굴을 똑바로 바라보지도 못했다. 송이도 5학년이 되면 친구들에게 나를 바나나를 우걱우걱 먹어대는 오랑우탄이라고 말할까.

그 이후로 친구들에게 송이 욕을 하진 않았지만, 동생과 한 침대에서 잔다는 걸 구태여 얘기하지 않았다. 초등학교 5학년에 올라가면서 둘이 자기에는 침대가 좁다고 느껴졌고 내가 바닥으로 내려갔다. 그래도 우리는 한방을 썼다.

나는 송이의 이마에서 손을 뗐다. 송이의 눈은 여전히 감겨 있었다. 웃을 때 동그랗게 올라오던 볼살은 온데간데없었다. 쌍꺼풀 없이 동그랗고 귀여운 눈만 그대로였다. 입술은 바싹 말라 있었다. 한때는 저 입술에 침이 마를 새가 없었는데. 송이는 내가 알고 있는 초등학생 중에 말이 제일 많았다. 말이 얼마나 많았느냐 하면은 나는 송이 담임선생님이 '하나'를 발음할 때 '하은나'라고 한다는 것도 알았다. 송이의 짝꿍이 그 소리에 웃음을 터뜨렸다가 혼난 이후로 웃지 않기 위해 자기 허벅지를 꼬집으며 버틴다는 것까지도 말이다.

고사리

이튿날, 고사리가 잔뜩 들어간 육개장이 식탁 위로 올라왔다. 축축한 숲처럼 흐물흐물한 고사리가 목구멍을 타고 위장으로 직행했다.

"으웩."

나도 모르게 구역질이 나왔다.

"너무 맛있어서 그러니? 얼른 먹고 나가서 고사리 좀 더 따와. 어제 해가 일찍 지는 바람에 얼마 따 오지를 못했어."

엄마가 웃으며 내 등짝을 아프게 내리쳤다. 씹는 것도 힘겨워하는 어린이가 있는 집에서 고사리는 아주 좋은 식재료였다. 난 이가 아주 튼튼했고 돌도 씹어먹을 수 있었지만.

고사리를 따고 연을 날려 볼 요량이었다. 이른 아침이었다. 높은 확률로 수철이는 들판에 없을 거다. 아침잠이 아주 많은 녀석이었으므로. 방해꾼이 없어야 연날리기에 더 집중할 수 있었다.

나는 책상 위에 놓여 있는 연을 조심스레 가방에 걸었다. 가방의 제일 위쪽에 연을 거는 고리가 있었고 제일 밑바닥에는 연을 받치는 받침 고리가 있었다. 순전히 연만을 위한 가방이었다. 간혹 연을 가방 안에 구겨 넣는 아이들도 있었지만 난 그럴 수 없었다. 우리 집은 풍족하지는 않았지만 연을 하나 더 만들지 못할 정도는 아니었다. 다만 한 달에 한 번씩 송이가 병원에 다녀올 때마다 우리 집은 더욱더 가난해지고 있었다. 송이는 이름 모를 병에 걸렸고 우리는 보험 혜택을 받지 못했다. 나는 내가 병에 걸린다면 모두가 알 만한 병에 걸려야겠다고 생각했다.

"다녀올게요. 송이도 안녕."

나는 철문을 소리 나게 닫으며 모두에게 인사를 했다. 문이 닫히자마자 문 바로 옆에 붙어 있는 부엌 창문이 드르륵 열렸다.

"얼굴 펴고. 숲 안쪽에 있는 물웅덩이 옆에 고사리가 많아. 신발 안 젖게 조심해."

엄마는 말을 다 끝내고는 한쪽 눈을 찡긋했다. 나도 찡긋했다. 탁. 다시 창문이 닫혔다.

나는 한숨을 푹 쉬고는 운동화 앞코를 바닥에 박아댔다. 발이 빠지면 넘어질 수도 있을 만한 구덩이가 생겼다. 운동화로 구덩이 옆에 쌓인 흙을 다시 밀어 넣었다. 이제 정말 가야 했다.

엄마가 말한 물웅덩이는 숲의 안쪽에서도 더 안쪽에 있었다. 이따금 엄마 발 사이즈만 한 발자국 몇 개만이 눈에 띄었다.

"앗, 차가워."

내 허리만큼 자란 풀들이 다리에 계속해서 스쳤다. 덕분에 그 풀에 매달려 있던 이슬들도 계속해서 내 다리로 옮겨 왔다. 나도 고사리도 원치 않는 여정이었다. 숲의 안쪽으로 들어오니 습기가 대단했다. 어항 속을 걷는 것 같은 기분이었다. 아가미가 없는 게 한이었다.

"그냥 포기하고 연 날리러 가고 싶다."

엄마는 가방이 꽉 찰 만큼 고사리를 채워 오라고 했다. 종아리에 묻은 물기를 탈탈 털어 내고 가방을 고쳐 맸다. 나는 눈에 보이기 시작한 물웅덩이를 향해 겅중겅중 뛰기 시작했다. 앞으로 가면 갈수록 조그마해 보였던 웅덩이가 호수처럼 크게 느껴지기 시작했다.

"이건 물웅덩이가 아닌 것 같은데. 어라."

이상하리만큼 커다란 물웅덩이에 기시감이 느껴지던 찰나 누가 손가락으로 내 가방을 들어 올린 듯 몸이 두둥실 떠올랐다. 나는 피터 팬이라도 된 양 엎드린 채 양팔을 휘적거렸다. 바닥에 손이 닿지 않을 만큼 몸이 공중에 띄워져 있었다.

"엄마, 살려줘요. 엄마!"

팔을 뻗으면 손가락이 닿을 것 같은 높이였지만 아무리 휘적거려도 손이 닿지 않았다. 집에 있는 엄마에게 내 목소리가 들릴 리 없었지만 나는 계속해서 엄마를 불렀다. 이 상황에서는 엄마를 부르는 게 나에게는 최선이었다.

"살려 주세요. 아무나 살려 주세요. 누구든지 날 좀 도와 줘요!"

나는 이제 누구라도 나를 도와주기를 바랐다. 정말로 우연히 이 숲을 지나가는 사람들이 있을 거라 기도하며 고래 고래 소리를 지르고 온몸을 비틀었다.

30분쯤 지나자 목은 형편없이 쉬어 버렸고 손가락도 움직일 수 없을 만큼 힘이 빠졌다. 순간 내가 이렇게 힘이 빠지기를 무언가가 기다리고 있을 것 같다는 생각이 들었다. 몸이 떨려 왔다. 어렸을 때 봤던 사람을 잡아먹는 커다란 거미가 생각났다. 건강해질 송이도 못 보고 연도 못 날려 보고 이대로 거미에게 잡아먹힐 것이다. 나는 손바닥으로 얼굴을 감쌌다. 머리에 피가 쏠려 머리가 무거웠다. 어느새 손바닥에 눈물이 가득 고였다.

그때, 무언가가 내가 맨 가방을 살짝 들어 올리는 게 느껴졌다. 나는 눈물과 콧물로 범벅이 된 얼굴을 들었다. 웅덩이가 더 커졌다. 내가 휘적이는 사이에 비라도 온 걸까. 그게 아니라 내가 물웅덩이 쪽으로 움직이고 있었다. 설마 이대로 저 호수 가운데에서 날 떨어뜨리지는 않겠지, 라고 생각하는 찰나 나는 그대로 떨어졌다.

"으악."

나는 외마디 비명을 지르며 반사적으로 몸을 일으켰다. 발에 땅이 바로 닿았다. 웅덩이는 생각보다 깊지 않았다. 허겁지겁 물 밖으로 나와 보니 물 안에 돌들이 뚜렷하게 보일 만큼 얕아 보였다. 나는 머리와 몸을 한 번 털어 내고는 소리를 지르며 집을 향해 뛰었다. 누가 또 가방을 낚아챌까 가방을 앞으로 메고 꽉 쥔 상태였다. 뛰면서 생각했다.

'왜 연은 하나도 안 젖었지?'

유령

"연우야, 왜 이렇게 빨리 왔어? 몸은 또 왜 이렇게 다 젖은 거야. 무슨 일 있었니?"

엄마는 온몸이 젖은 채 집 안으로 뛰쳐 들어온 내게 수건을 건네주며 말했다.

"물 위에 누가 날 떨어뜨렸어요! 그냥 밀어 넣은 게 아니고 내 몸이 공중에 떠올랐어요! 그리고 한참 있다가 물웅덩이 쪽으로 몸이 움직였어요! 아무도 와 주지 않았고 거미가 나타날까 봐 너무 무서웠는데, 근데!"

"콜록. 콜록."

내가 겪은 일을 토하듯이 말하고 있는데 송이의 기침 소리가 들렸다. 엄마는 바로 안방으로 달려갔다. 나는 그런 엄마를 쫓아가며 말했다.

"진짜예요. 팔을 아무리 휘저어도 땅에 닿지 않았어요."
"그래. 넘어진 거면 넘어졌다고 이야기해도 돼. 그게 뭐 그렇게 부끄러운 일도 아닌데."
"넘어진 게 아니에요. 누군가가 제 가방을 들어 올렸어요. 저도 딸려 올라갔고요."
"숲에 요정이 산다는 이야기는 못 들었는데. 나중에 부동산 아저씨한테 물어볼게. 그럼, 그 가방 안에 고사리도 없겠네?"
"요정이 아닐 수도 있어요. 고사리는 못 뜯었어요. 저 정말 죽는 줄 알았다니까요."
"흠. 연우야. 일단 좀 씻고 오자. 네 발밑에도 물웅덩이가 생겼단다. 집에서는 떠다니면 안 돼."
"엄마!"

마지막 내 목소리에는 나를 믿어 주지 않는 엄마에 대한 원망이 가득했다. 숲에서는 애달프게 엄마를 불러 댔었는데. 엄마는 도통 나를 이해하지 못하겠다는 얼굴이었다. 하고 싶은 말이 아직 많았다. 누군가가 나를 머리부터 발끝까지 젖게 하려고 엎드린 채 빠뜨렸다는 것과 그게 성공했는데도 내 가방에 매달린 연은 하나도 젖지 않았다는 건 말하지도 못했다.

불행 중 다행이었지만 그마저도 기분이 이상했다. 왜 연은 젖지 않았을까. 물이 딱 연이 젖지 않을 만큼의 높이였을까? 그렇다기에는 가방에서 물이 뚝뚝 떨어지고 있었다. 나는 일부러 천천히 화장실을 향해 걸었다. 터벅터벅 걷는 내 발자국 모양으로 물이 고였다. 엄마는 그런 나를 보다 못해 큰 소리를 냈다.

"김연우! 너 진짜 오늘 왜 그래."

그날 밤 눈이 12개 달린 거미가 꿈에 나왔다. 나는 거미에게 들키지 않으려고 숲의 이곳저곳을 뛰어다녔다. 거미는 눈이 아주 많았기 때문에 그 눈 중 하나가 나를 찾아냈다. 12개의 눈이 모두 나를 쳐다본 그 순간 내 몸이 공중으로 떠올랐다. 기분 나쁜 그 느낌. 나는 억지로 몸을 비틀며 눈을 떴다. 엉덩이도 손도 모두 바닥에 잘 붙어 있었다.

"휴-우. 엉덩이가 땅에 붙어 있는 게 이렇게 다행일 일이야?"

나는 고개를 들어 창밖을 바라봤다. 창문으로 들어온 푸른 빛이 꽃무늬가 잔뜩 그려진 이불을 비췄다. 새벽 5시. 해가 뜨려면 아직 1시간 정도가 남아 있었다.

'연을 날리러 가야겠다.'

머릿속에 한 가지 생각만 떠올랐다. 나는 아주 조심스럽게 연과 실패를 챙겼다. 엄마는 송이가 아픈 이후로 소리에 굉장히 예민했다. 작은 재채기 소리도 알아채야 했으니 말이다. 어제 고사리를 따 오지 못했으니 엄마는 일찍 일어난 김에 고사리를 따 오라고 할지도 모른다. 그럼 다시 웅덩이에 가야 한다. 그럴 순 없었다.
연에 그려진 코끼리가 어제 무슨 일이 있었냐는 듯 아주 멀쩡한 얼굴로 나를 바라보고 있었다. 조금도 번지거나 한 모양새가 없었다. 정말 이상했지만 이상하지 않기도 했다. 어제 하늘을 날 뻔도 했는데 연이 젖지 않은 것쯤이야 그럴 수도 있었다.

나는 내 방문 손잡이를 아주아주 조심스레 돌렸다. 숨까지 참아가며 신중에 신중을 더한 끝에 소리는 거의 나지 않았다. 건너편 안방에서 엄마의 코 고는 소리와 송이의 쌕쌕거리는 숨소리가 들렸다.

어떻게 문까지는 잘 열었지만 내 방에서 현관문까지 가는 길이 문제였다. 이 집은 아무도 살지 않은 채 방치되어 있던 집이었다. 바닥은 습기로 뒤틀려 엉망이었고 엄마는 동네에서 제일 싼 바닥 업체를 불렀다. 아저씨는 이 가격에는 원래 해주지도 않는다면서 바닥 공사를 하는 내내 투덜거렸다. 투덜거리는 아저씨 옆에서 엄마는 이렇게 하면 되는 거냐며 같이 마룻바닥 조각을 맞췄다. 아저씨는 엄마가 형편없이 맞춘 바닥을 보면서도 고개를 끄덕였고 그 조각들은 밟을 때마다 삐걱거리는 소리를 냈다.

나는 내가 할 수 있는 한 최대한 조심스럽게 오른쪽 발을 바닥에 내려놓았다.

"….".

이상했다. 집안이 너무 고요했다. 나는 반
대쪽 발도 내려놓으려다 말고 멈칫했다. 먼저 내
려놓은 발바닥에 아무런 느낌이 없었다. 새벽 공기에 차가
워져 있을 나뭇결이 느껴지지 않았다. 나는 허리를 굽혀 발
바닥 아래를 살펴봤다. 내 발과 바닥 사이에 틈이 있었다.
나는 이번에는 선 채로 떠 있었다.

"읍."

비명이 터져 나오려는 입술을 두 손으로 꽉 쥐었다. 그
와 동시에 나는 이 집에 떠도는 유령이라도 된 듯 문 앞으
로 옮겨졌다. 내가 문을 열지 않고 망설이자 커다란 엄지손
가락 같은 무엇인가가 내 등을 떠밀었다. 뭉툭하고 거친 손
길이었다. 나는 문을 열었다. 차가운 바람이 온몸을 휘감았
다. 나는 또 한 번 떠밀려 문밖으로 밀려났다. 우리 집 무거
운 은색 철문이 핫케이크처럼 부드럽게 닫혔다. 등 뒤에 멘
가방이 축축했다. 어제 일은 절대 꿈이 아니었다.

하늘로 날아간 연

예상대로 들판에는 아무도 없었다. 깜깜한 숲을 걸어오는데 왜인지 무섭지 않았다. 날 유령으로 만든 누군가가 나를 지켜보고 있을 것 같다는 생각이 들었다. 들판의 끝에 태양의 꼭대기가 보였다. 꼭대기가 보였다는 건 눈 깜짝할 사이에 세상이 밝아진다는 이야기였다. 나는 서둘러 연 날릴 준비를 했다.

"떠다닌다는 건 퍽 재밌는 일이더라. 너도 오늘은 꼭 하늘 위를 훨훨 날아 보자."

나는 연의 아래쪽에 있는 연실을 잡고 머리 위로 연을 움직였다. 연이 만들어 내는 바람이 머리카락을 날렸다. 시원했다. 이대로 바람을 타고 하늘 위로 연이 날아가기만 하면 된다.

나는 손에 있는 연실을 살살 풀면서 뛰기 시작했다. 이상했다. 평상시와 다르게 실이 팽팽했다. 나는 뒤를 돌아봤다. 연이 바람을 타고 하늘로 올라가고 있었다. 손에 쥔 연실이 내가 쥐고 있는 손 사이를 빠르게 빠져나갔다. 오른손에 들고 있던 실패가 뱅글뱅글 돌며 실을 뿜어냈다.

"아, 뜨거워!"

실패를 들고 있는 오른손에 열기가 느껴졌다. 실패가 너무 빠른 속도로 돌고 있었다. 연은 여전히 하늘 위에 있었다. 그런데 구름이라도 만지려는 듯 계속해서 올라가고 있었다. 연실은 당기지도 않았는데 말이다.

"얼마 뛰지도 않았는데. 어떻게 된 거지."

나는 중얼거렸다. 연은 정말 높이 떠 있었다.

탁. 어느새 걸려 있던 실이 다 돌아갔는지 실 한 가닥만
이 실패에 위태롭게 걸려 있었다. 이대로라면 실이 끊어질
것 같았다. 실을 실패에 감아 보려 했지만 역부족이었다. 실
이 너무 팽팽했다. 연은 계속해서 올라가고 싶어 했다. 나는
점점 연에 끌려가고 있었다.

"안 돼!"

찰나였다. 실은 결국 끊어져 버렸다. 실이 끊어지자마
자 연은 기다렸다는 듯 더 높이 날아갔다. 이 모든 일이 내
가 연을 날린 지 몇 분도 안 되어 일어난 일이었다. 처음으
로 연을 날렸다는 기쁨을 누릴 겨를도 없었다. 나는 나도 모
르게 바닥에 주저앉아 버렸다. 앉은 채 하늘을 바라봤다. 연
이 작은 점으로 보일 만큼 멀어져 있었다. 그러다가 이내 보
이지도 않게 되었다. 나는 고개를 떨궜다. 그러고는 병원에
서 송이가 낫기 어려운 병에 걸렸다는 걸 알았을 때처럼 울
기 시작했다. 하늘로 날아간 건 송이가 아니었다. 그냥 연일
뿐인데. 마음이 먹먹해서 눈물이 멈추지 않았다.

어디선가 들은 적이 있었다. 하늘은 꼭 내가 견딜 만큼

의 시련만을 준다고. 이것도 견딜 수 있는 걸까. 아빠 생각
이 났다. 나는 걷고 송이는 기어다닐 적에 아빠는 돈을 많이
벌어오겠다면서 집을 나갔다. 처음에는 한 달에 한 번 정도
아빠를 볼 수 있었다. 그러다가 점점 아빠를 보려면 더 많은
밤을 보내야 했다. 어느 날엔 여섯 달 만에 집에 온 아빠가
좋으면서도 어색해서 방문을 붙잡고 비비적거리기도 했다.
오랜만에 본 아빠는 힘이 없어 보였다. 그래도 나랑 송이는
아빠가 오는 게 좋았다.

　아빠를 마지막으로 봤던 그날, 안방에서 큰소리가 났다.
엄마는 내가 처음 들어보는 목소리로 소리를 질렀고 아빠는
안방 문을 부서질 듯 열면서 거실로 나왔다. 그때 송이와 나
는 거실에서 그림을 그리고 있었는데 아빠는 우리를 쳐다보
지도 않고 집을 나가 버렸다. 아빠가 나가고 엄마도 안방에
서 나왔다. 엄마는 눈에 눈물이 가득 고인 송이를 안아줬다.

　"엄마, 아빠는 송이를 사랑하지 않아?"

　엄마 품에 안긴 송이가 물었다. 송이의 말에 엄마는 슬픈
표정을 지었다.

"송이야. 아빠 앞니 색깔이 하나는 노랗고 하나는 하얗지?"

엄마는 한 손에는 송이를 안고 다른 한 손으로는 내 손을 잡았다.

"아빠는 엄마가 송이를 가진 걸 알았을 때 너무 기뻐서 온 집안을 연우 오빠처럼 뛰어다녔단다. 그렇게 한참을 뛰다가 연우가 가지고 놀던 자동차 장난감을 밟고 넘어졌어. 넘어지면서 바닥에 얼굴을 박았는데 얼마나 헤벌쭉 입을 벌리고 있었던지 왼쪽 앞니가 부러졌지."

"우우. 아팠겠다. 아빠 그때 울었어?"

송이가 자기 앞니를 혓바닥으로 연신 쓸어가며 말했다. 엄마는 그런 송이를 바라보다 웃으며 말했다.

"부서진 앞니를 주워 들고도 헤죽헤죽 잘도 웃었단다. 바보가 따로 없었지."

"근데 왜, 송이를 보러 오지 않아? 아빠 그림을 그리고 있었는데. 봐주지도 않고."

"아빠는 잠시 쉬는 시간이 필요하대. 송이 맛있는 거 잔뜩 사 주려고 일을 너무 열심히 했나 봐."

엄마가 말했다. 송이는 고개를 끄덕하고는 잠들어 버렸다. 아빠는 그날 이후로 우리가 있는 집으로 돌아오지 않았다. 쉬는 시간이 너무 길었다. 송이가 그린 아빠 그림은 아직도 내 책상 서랍에 있었다. 그림 속 아빠라도 가지고 있어야 할 만큼 아빠에 대한 기억이 사라지고 있었다. 그래도 아빠는 이따금 내 머릿속을 뛰어다니다 고꾸라졌다. 그러고는 앞니 빠진 이를 드러내며 웃었다. 그래서 오늘같이 견디지 못할 만큼 슬픈 날에도 습관처럼 아빠가 생각나는 거다.

"아, 눈부셔."

내가 울고 있는 사이에 해가 완전히 떠 버렸는지 들판에 모래들이 반짝반짝 빛나고 있었다. 수철이에게 내가 울고 있는 모습까지 들키고 싶지 않았다. 나는 일어서서 엉덩이에 묻은 흙먼지를 털어 냈다. 연을 빨리 날리고 싶어서 아무렇게나 벗어 던졌던 가방을 향해 걸어갔다. 연이 사라진 가방은 가벼워졌는데 마음은 무거웠다. 나는 집을 향해 걸어갔다.

부서진 비스킷

숲의 중간쯤에 다다랐을 때 엉덩이에서 이상한 느낌이
들었다. 뭔가가 내 엉덩이를 더듬고 있었다.

"뿌－."

그건 분명 코끼리가 내는 소리였다. 수박 두 개만 한 크
기의 코끼리가 나를 코로 찔러대고 있었다.

"으악."

나는 또 한 번 엉덩방아를 찧었다. 코끼리를 실제로 본 적은 없었다. 내가 넘어지자 코끼리는 엉덩이를 찾아 바닥을 헤집었다. 나는 집요하게 허리 밑을 파고드는 코끼리 코를 잡았다.

"뿌우— 뿌우."

코끼리가 코를 놓으라는 듯 여러 번 울었다.

바지 뒷주머니에 손을 넣었다. 언제 넣어 놨는지 모르는 한쪽 귀퉁이가 부서진 비스킷이 나왔다. 나는 코끼리가 비스킷을 먹어도 되는지 잠시 생각했다. 괜찮을 것 같았다. 코끼리 입 근처에 비스킷을 가져가자 축축하고 커다란 분홍색 혀가 쑥 나와 내 손바닥을 핥았다. 손바닥 위에 있던 비스킷이 감쪽같이 사라졌다.

코끼리는 내 주머니에 비스킷이 하나만 있다는 걸 아는 것 같았다. 코끼리는 엉덩이를 씰룩거리며 뒤뚱뒤뚱 걸어갔다. 나는 홀린 듯이 코끼리를 쫓아갔다. 어디서 많이 본 것 같은 코끼리였다. 코끼리는 다 똑같겠지만 내가 연에 그려 넣은 코끼리랑 색깔이 비슷한 것도 같았다. 검정콩알을 박아 놓은 것 같은 눈도 그랬다.

"잠깐만. 저게 뭐지?"

코끼리는 웅덩이 근처로 다가가 물을 먹기 시작했다. 그 옆에 하얀 종이 같은 것이 있었다. 아까 하늘로 날아간 내 연이었다. 나는 연이 있는 곳으로 한걸음에 달려갔다. 앞을 살펴보고 뒤를 살펴봐도 아침에 봤던 그 연이었다. 내 이름이 선명하게 적혀 있었다. 한 가지 다른 점이 있다면 연에 그려져 있던 코끼리가 감쪽같이 사라졌다는 것이다.

"설마, 너 내 연에 그려져 있던 코끼리인 거야?"

내가 물었다.

"뿌―우."

코끼리가 대답했다. 알아들을 수는 없었지만 그럴듯한 생각이었다.

나는 가방을 뒤적거렸다. 구겨진 과자봉지 사이에 연필 심이 얼마 남지 않은 연필 하나가 들어 있었다. 숲을 둘러봤다. 무늬 없는 날개를 가진 하얀 나비들이 날아다니고 있었다.

"저거다."

나는 연 위에 나비를 그렸다. 보고 그려서 그런지 생각보다 더 그럴듯한 나비가 그려졌다. 마지막으로 내가 그린 나비라는 걸 알아볼 수 있도록 날개에 별 모양 무늬를 그렸다.

나는 나비가 그려진 연을 들고 웅덩이 앞에 섰다. 나는 곧장 연을 웅덩이에 담갔다. 내 예상이 맞는다면 연은 젖지 않을 것이다. 연을 꺼냈다. 연은 멀쩡했다.

"진짜, 젖지 않았어. 그렇다면…."

나는 연에 매달린 실과 아까 끊어진 실패에 남아 있던 실을 연결했다. 손이 자꾸 떨려서 실 두 개를 붙잡고 매듭을 짓는 데 시간이 오래 걸렸다. 매듭이 지어지자마자 집을 향해 뛰었다. 나무들이 하늘을 전부 가리고 있는 이 숲에서는 연을 날릴 수 없었다. 지금 들판으로 가면 애들이 다 나와 있을 거다. 엄마는 고사리로 점심을 만드느라 바쁠 테니 연을 날릴 수 있는 곳은 집밖에 없었다.

얼마나 빨리 뛰었는지 머리카락에서 땀이 뚝뚝 떨어졌
다. 연을 빨리 날려 보고 싶었다. 집에 도착하자마자 연을
머리 위로 올렸다. 몇 걸음 걷지도 않았는데 연이 날았다.
아까보다 더 빠른 속도였다. 실패가 빠르게 돌아갔고 실이
끊겼다.

별이 그려진 나비

웅덩이는 그대로였다. 코끼리는 나무 밑동에 턱과 코를 올린 다음 엎드려 있었다. 그 옆에 내 연이 있었고 나비가 있었다. 내가 가까이 다가가자 나비가 날개를 퍼덕였다. 날개에 내가 그렸던 울퉁불퉁한 별이 있었다. 심장이 두근거렸다.

"방금 연에 그린 나비야. 연에 있던 그림이 살아났어! 정말 엄청나."

나는 연을 들고 코끼리 옆에 앉았다. 나비도 나무 밑동

근처를 날아다녔다.

"코끼리야. 나비야. 다음엔 뭘 그려 볼까? 사실 송이는
널 데려가면 제일 좋아할 거야. 코끼리라고 놀리는 걸 싫어
하는 것처럼 보였지만 아기 코끼리 그림을 얼마나 좋아했다
고. 그럼, 엄마가 좋아할 만한 걸 그려 볼까."

코끼리 등에 머리를 기대며 내가 말했다.

"집에 가서 크레파스랑 색연필 좀 가져올게."

나는 다녀오라는 듯 코를 흔드는 코끼리에게 인사를 하
고 집을 향해 달려갔다.

내 예상과는 다르게 집 앞에 송이와 엄마가 나와 있었다.
엄마는 하루에 한 번은 송이를 데리고 밖으로 나오고 싶어
했지만, 송이의 상태가 점점 나빠지고 있어서 그러지 못했
다. 휠체어에 타는 것조차 힘들어할 만큼 송이는 몸에 힘을
주지 못했다. 송이에게 코끼리를 빨리 보여 주고 싶었다. 송
이는 코끼리를 보자마자 껴안고 놔주지 않을 거다. 어쩌면

나보다 더 사랑하게 될지도 모른다. 질투야 좀 나겠지만 괜찮았다.

"연우야, 너 얼굴에 땀이 줄줄이야. 오늘 날씨가 완전 가을이라 송이 바람 좀 쐬어 주러 나왔어."

엄마가 송이가 탄 휠체어를 밀며 말했다.

"친구 연에 그림을 그려 주기로 해서요. 크레파스랑 색연필 좀 가지러 왔어요."

내가 말했다.
새벽에 나가는 터라 챙겨입은 나일론 잠바가 몸에서 나는 열기를 모두 모은 것 같았다. 나는 김이 모락모락 나고 있는 말하는 찐만두 같았다.
게다가 친구라니. 이곳에 이사 와서 엄마에게 친구 얘기는 한 번도 한 적이 없었다. '수철이라는 애가 한 명 있는데 나에게 매일 못된 말을 해요'라고 말하지도 않았다. 엄마는 살짝 놀란 것 같았다.

"네 입에서 나오기를 기다리던 말이긴 한데, 네 얼굴이며 표정이 영 이상하다. 어쨌든 잘 다녀와. 뛰지 말고. 어디 찜질방에라도 다녀오는 줄 알겠어."

초등학생 남자아이 입에서 못 나올 말도 아니었다. 5개월 동안 친구를 만들지 못했어도 5분 만에 친구를 사귈 수도 있었다. 엄마는 별다른 의심 없이 나를 보내 줬다.

다시 웅덩이로 돌아온 나는 가방을 내팽개치고 연으로 달려갔다. 크레파스 뚜껑을 열고 노란색, 주황색, 초록색, 파란색 크레파스를 꺼냈다. 연에 노오란 국화꽃이 잔뜩 그려졌다. 조금 투박하게 보일지라도 괜찮았다. 내 그림 실력과 상관없이 예쁜 국화꽃이 하늘에서 떨어질 것이다. 마지막으로 파란색 크레파스로 국화꽃을 감쌌다. 그럴듯한 꽃다발 하나가 연에 그려졌다. 나는 연을 가방에 챙겨서 들판이 있는 곳으로 달렸다. 하루 종일 뛰어서 그런지 다리에 힘이 없었지만 괜찮았다. 뛰지 말라는 엄마의 말이 귓가에 맴돌았지만 멈출 수 없었다. 국화 꽃다발을 받고 좋아하는 엄마의 얼굴이 눈앞에 펼쳐졌다.

6개의 발

들판에 아이들이 많을 시간이었지만 어쩔 수 없었다. 송이와 엄마가 아직 집 앞에 있을 것이다. 오히려 좋았다. 하늘에 수놓아진 수많은 연들 사이에서 내 연은 묻힐 거다.

"동생 연 훔쳐 왔냐?"

수철이였다. 연을 날릴 생각에 들떠서 녀석이 있을 거란 생각을 못 했다. 수철이는 내가 들판에 나오기만을 기다린 것 같았다.

"내가 어떤 연을 가져왔던 너랑 대체 무슨 상관이야?"

나는 수철이를 똑바로 바라보며 말했다. 웅덩이의 비밀을 알게 되면 수철이 녀석이 무슨 짓을 할지 몰랐다. 수철이의 눈이 커다래졌다. 보통 나는 수철이가 말할 때 고개를 떨구거나 못 들은 척 그 옆을 지나가거나 했다. 내가 자기 앞에서는 한마디도 못 하는 샌님인 줄 알았던 거다. 나는 샌님이 맞기는 하지만 그렇다고 수철이가 무서워서 말을 못 한 건 아니었다. 똥은 더러워서 피하는 거다. 수철이는 자기를 바라보고 있는 어린애들 앞에서 자존심을 굽힐 수는 없었는지 이내 더 나쁜 말을 쏟아냈다.

"넌 말이야. 우리 마을의 수치야. 이사 온 지 몇 달이 지났는데도 연을 한 번도 못 날리는 녀석은 우리 마을 사람이라고 할 수 없지. 생각해 보니 애초에 너네 집은 우리 마을이라고 할 수도 없겠다. 그쪽은 지나가기만 해도 숨이 막히던데. 너네 집 조상 중에 혹시 물고기가 있는 거 아니냐?"

수철이가 애니메이션 속 사악한 해적처럼 낄낄거렸다. 옆에 있던 아이들도 같이 웃었다. 나는 엄지손가락을 손바닥에 딱 붙이고 나머지 손가락으로 엄지를 감싸 쥐었다.

퍽!

"꾸엑."

수철이가 우스꽝스러운 소리를 내며 나동그라졌다. 오늘 아침에 일어났을 때 자기 턱에 내 주먹이 꽂힐 줄은 몰랐을 거다.(그건 나도 그랬다.) 수철이는 금세 몸을 일으켰다. 이상한 소리를 내며 두 손으로 내 어깨를 세게 밀었다. 용케 넘어지지 않은 내가 방향을 틀었다. 가방을 들고 숲으로 도망칠 생각이었다.

나는 하나고 상대는 셋이었으니. 가족을 건드렸지만, 주먹 한 방으로 만족했다. 만족한 건 나 하나였다. 수철이는 뒤돌아 뛰어가는 나를 좇아와서는 내 등을 발로 차 버렸다. 이번 건 꽤나 아팠다. 중심을 잃고 쓰러진 내 몸뚱이에 6개의 발 밑창이 날아들었다. 도움을 요청할 만한 아이도 어른도 없었다. 모두가 하늘을 바라보고 있었다.

"야—아, 잠깐만 멈춰봐. 이 녀석. 죽은 거 아니야?"

젖은 곰 인형처럼 엎드려 있는 나를 보며 수철이가 말했다. 아팠지만 죽을 정도는 아니었다. 그렇게 힘이 실린 발길질들도 아니었다. 자신들을 너무 과대평가하고 있는 세 명의 악당들이 내가 죽었는지 아닌지 토론하는 동안 나는 슬금슬금 가방 쪽으로 기어갔다.

"어, 형. 쟤 안 죽었나 봐."

나보다 키가 작은 어린 똘마니 하나가 나를 발견하고 소리쳤다. 6개의 눈동자가 어쩐지 안도하는 눈빛으로 나를 바라봤다. 웃기지도 않은 일이었다.

"야, 이 자식아. 내 눈에 띄지 마라? 엉? 숲에서 나오지 말란 말이야."

수철이가 숲을 향해 천천히 걸어가는 내 등에 대고 소리쳤다.
마지막 대사까지 완벽했다. 수철이 녀석은 절대 슈퍼 히어로 영화의 주인공은 되지 못할 거다. 수철이가 나를 싫어하는 건 있을 수 있는 일이다. 모두가 나를 좋아할 수 없다는 건 잘 알고 있었다. 그래도 싫어하는 마음으로 상대방을 괴롭게 만들거나 슬프게 만들면 안 된다. 수철이가 바보인 이유다. 바보에게 맞은 건 괜찮았다.

국화가 그려진 연을 날리지 못한 게 제일 화가 났다. 그래도 괜찮았다. 내일 새벽에 또다시 집을 나서면 된다. 유령이 될 수 있을지는 모르겠지만. 누군가에게 이렇게 얻어맞은 건 난생처음이었고 온몸이 욱신거렸지만 괜찮다고 생각하며 숲길을 걷다 보니 괜찮아지는 것도 같았다. 엄마는 늘 그랬다. 말과 생각의 힘은 엄청나다고. 우리는 우리가 생각하고 말하는 대로 살아갈 수 있다고 했다. 엄마가 보고 싶었다. 익숙한 것들이 그리웠다. 흐물흐물한 고사리를 입에 넣고 우적우적 씹고 싶었다.

숲에 사는 요정

나는 집이 아닌 웅덩이 앞에 서 있었다. 집에 바로 들어가면 엄마가 속상해할 것 같았다. 해가 지고 나서 집으로 갈 생각이었다. 나무 밑동에 가 앉으려는데 메고 있던 가방이 위로 들려 올라가는 게 느껴졌다.

"안 돼. 오늘은 더 이상 떠 있을 힘이 없어."

나는 급하게 가방을 벗어 던지고 나무 밑동을 양손으로 붙잡았다. 내 말을 알아듣기라도 한 듯 공중에 떠 있던 가방이 바닥에 떨어졌다.

"너, 지금 앞에 있어?"

나는 그 무언가가 어디 있는지 몰라서 최대한 큰 소리로 말했다.

"모습을 보여 줘. 난 네가 궁금해."
"너 혹시 숲에 살고 있다던 요정이야? 숲에는 숲을 지키는 요정이 있다고 했어. 하늘을 날 수 있게 하고. 연에 그린 그림을 실제로 만들어 주기도 해. 정말 대단해. 믿기 어렵지만 내가 경험했으니 난 다 믿어. 아무한테도 이 사실을 말하지 않을 거야."

나는 계속해서 말했다.
그때 아직 변성기가 오지 않은 듯한 어린 남자아이의 목소리가 들렸다.

"난 요정처럼 아름다운 존재가 아니야. 나를 보고 너무 놀라지 않는다고 약속할 수 있겠어? 눈을 가리거나 소리를 지르지 않을 수 있냐는 말이야."

누군가 있을 거라 짐작은 했지만 실제로 목소리가 들려오니 무척이나 놀랐다. 나는 아무렇지 않은 척 목소리를 가다듬고 대답했다.

"약속할게. 소리 지르지 않고 눈을 가리지도 않을게."

금방이라도 모습을 보여 줄 것 같았던 그는 한참 동안 나타나지 않았다. 시간은 계속해서 흘렀다. 내가 들었던 목소리도 희미해지는 것 같았다. 이대로 영영 숨어버리는 건 아닐까 걱정이 됐다.

숲이 어두워지기 시작했다. 나는 그를 만나기 전까지는 숲을 떠날 생각이 없었다. 엄마가 날 찾으러 올지도 모르겠지만 오늘 그를 만나지 못한다면 앞으로도 만나지 못할 것 같았다.

주변에 어둠이 완전히 내려앉았다. 투명하던 웅덩이도 새까매졌다. 나는 바닥으로 떨어지는 고개를 어떻게든 막아보려 했지만 잘 되지 않았다. 아무것도 하지 않은 채 우두커니 앉아 있으려니 졸음이 몰려왔다. 여러모로 피곤한 하루였다.

"이제 네가 나와도 보이지 않을 거야. 목소리만 들려줘도 좋아. 물어보고 싶은 게 있어."

나는 없는 힘을 끌어모아 외쳤다. 고요한 숲속에 내 목소리만이 메아리쳤다.

그는 정말 가버린 걸까. 하늘을 가릴 만큼 높고 빽빽한 나무들로 가득한 숲이었지만 달빛은 사람들의 눈에 보이지 않는 나뭇잎 사이를 파고들었다. 수많은 틈을 빠져나온 달빛의 끝에 뭔가가 있었다. 나는 몸을 일으켰다. 내가 그에게 가까워질수록 그도 점점 더 모습을 드러냈다.

"읍!"

나는 두 손으로 입을 틀어막았다. 소리를 지르지 않기로 약속했으니까.

두 다리가 후들거렸지만 주저앉지 않기 위해 두 무릎을 손으로 짚었다. 그가 왜 모습을 바로 드러내지 못했는지 알 수 있었다. 그는 엄마보다 한 뼘은 더 커 보였다. 엄마 키는 165cm 정도 되었다. 손과 발을 가진 사람의 형태였지만 머리에 아이스크림콘을 뒤집어 놓은 듯한 뿔이 두 개 있었다.

뿔 색깔은 아주 짙은 녹색이었다. 커다란 눈에 담긴 검은 눈 동자가 흰자가 보이지 않을 만큼 커다랬다. 짐승의 눈처럼 보였다.

"안녕."

잠깐의 적막을 깨고 내가 말했다. 나와 반대쪽을 바라보고 있던 그가 나를 똑바로 바라봤다.

"안녕."

아까 내가 들었던 그 목소리였다. 바람에 날아가 버릴 듯 아름다운 목소리. 일부러 낸 소리가 아니었다. 그가 원래 가지고 있는 목소리였다.

"훌륭한 목소리를 가지고 있구나."
"흉측하게 생긴 괴물에게는 어울리지 않지."
"그렇지 않아."

흉측하게 생기지 않았다는 건 진심이었다. 그는 흉측하

다기보다는 개성이 있었다. 동물의 가죽처럼 보이는 천을 허리춤에 두르고 있었는데 몸에 걸친 것은 그 천 하나였기 때문에 거의 맨몸에 가까워 보였다. 피부 표면이 단단하다 못해 딱딱해서 마치 갈라진 나무껍질 같았다. 징그럽지는 않았다. 나무껍질 같은 피부가 그의 덩치와 잘 어울렸다. 이 세상 사람들이 모두 저런 피부를 갖고 있다면 그런대로 평범해 보일 것 같았다.

"거짓말은 하지 마. 내가 만났던 그 아이도 나를 보고 처음에는 놀라지 않은 척 태연했지. 친구가 되어 준다고 약속했어. 그래서 정말로 내가 다른 사람들의 눈에 흉측해 보이지 않을지도 모른다고 생각했지. 그런데 결국은 사람들을 데려와 내 몸에 불을 붙이려고 했어. 그것을 원하는 만큼 가져가고 나서."

그가 담담한 목소리로 말했다.

"그것?"

내가 말했다.

"모두가 원하는 것. 나는 쉽게 만들 수 있지만 나에게는 아무런 쓸모도 없는 것. 바로 이거야."

그가 말했다. 나를 믿을 수 있는지 없는지 생각하고 있는 얼굴이었다. 나는 어깨를 으쓱했다. 무엇이든 이제 놀라지 않을 수 있었다. 그가 물웅덩이에 손을 갖다 댔다.

달빛 말고는 아무런 빛도 없던 숲에 갑자기 빛이 쏟아졌다. 눈을 뜰 수 없을 정도였다. 간신히 눈을 떴을 때 빛이 쏟아지고 있던 게 아니라 웅덩이가 빛나고 있단 걸 알았다. 웅덩이에 있던 돌들이 전부 금으로 변해 빛을 뿜어내고 있었다.

"너 금을 만들 수 있었구나. 멋지다. 그런데 왜 너에게는 쓸모가 없어?"

나는 눈이 너무 부셔서 두 눈을 꼭 감고 말했다.

"내가 금으로 할 수 있는 건 아무것도 없어. 나는 아무것도 바라는 게 없거든. 딱 한 가지만 빼고."
"그게 뭔데?"

"영원한 친구."

"친구? 친구라면 네가 연에 친구를 그려서 날리면 되잖아. 100명도 넘게 만들 수 있겠는걸."

내가 말했다. 그가 코웃음을 쳤다.

"숲을 한 번 둘러봐. 네가 그렸던 코끼리는 어디 갔지? 나비는?"

너무 늦게 알아챘다. 코끼리가 없었다. 나비도 사라졌다. 내가 던져 놓은 가방이 있었고 국화가 그려진 연이 옆에 놓여 있었지만 그것들뿐이었다.

"설마, 시간이 지나면 연에 그린 그림들이 사라지는 거야?"

나는 실망스러운 감정을 숨기지 못했다.

"맞아. 나는 돌을 영원히 금으로 만들 수는 있지만 영원한 친구를 만들지는 못해. 연에 그린 그림들은 길어야 반나

절 정도면 사라져 버려."

그가 말했다.

"그것참 아쉬운 일이구나."

내가 말하자 그가 나를 쏘아보며 말을 덧붙였다.

"너도 나를 불태울 거니? 내 비밀을 모두 알았을 테니.
여기 있는 돌덩어리를 갖기 위해서 말이야."
"내가 왜?"

나는 웅덩이에 가득한 금을 보며 말했다. 하나쯤 집에 갖
고 있는 것도 나쁘지 않을 것 같았다. 그렇지만 친구가 갖고
싶다는 그를 불태워야 할 정도로 갖고 싶지는 않았다.

"사람들은 모두 금을 좋아하니까. 친구가 되어 주면 원하
는 만큼 금을 주겠다고 약속했는데도 다들 결국 더 많은 걸
바랐어."

그가 물에 닿아 있던 손을 거뒀다. 숲이 일순간에 어두워졌다.

"그렇구나. 나도 금을 싫어하진 않아."

내가 말했다.

"그렇지만 널 불태우려고 했다는 그 사람이 정말 나쁜 사람이란 건 알겠어."

내가 덧붙였다.
"혹시 너, 나랑 친구가 되어 줄 수 있어?"

그는 어느새 내 옆으로 바짝 다가와 있었다. 얼마나 가까웠는지 그가 내뿜는 콧바람이 내 머리카락을 뒤집었다.

"친구?"
"그래, 친구. 매일은 아니어도 가끔 나를 찾아와 주면 돼. 숨바꼭질을 해도 좋고. 나는 이 숲을 벗어날 수가 없거든. 숲 바깥의 세상 이야기를 해주면 나도 내가 알고 있는 재미있는 이야기를 해줄게. 웅덩이에 살고 있는 다슬기랑 은어 가족 이야기 같은 것들 말이야. 일주일에 세 번. 그게 어려우면 한 달에 두 번. 아니면 1년에 한 번도 좋아."

그는 아주 간절한 목소리로 말하면서 손가락을 여러 개 폈다가 결국에는 검지손가락 하나만을 남겼다.

"그래, 좋아. 친구가 되어 줄게. 매일 올 수는 없을 거야. 은어 가족 이야기 정말 재미있겠다."

내가 말했다. 나도 새로운 친구가 생긴 게 좋았지만, 너무 많은 시간을 같이 보낼 수는 없었다. 송이를 돌봐야 했다.

"정말이야? 내가 금을 주지 않겠다고 해도?"

그는 들떠 보였다.

"괜찮아."

가끔 연에 있는 그림이 살아났으면 좋겠다고 생각했지

만, 말로 꺼내지는 않았다. 왠지 그 말을 하면 그가 좋아하지 않을 거란 생각이 들었다. 내가 진심으로 하는 말이라는 게 느껴졌는지 그가 미소를 보였다.

"나에게 친구가 되어 준다는 건 세상에서 제일 쉬운 일이야. 그러니까 믿어도 돼. 가을에는 같이 낙엽을 잔뜩 모아다가 침대를 만들고 그 위로 풀썩 쓰러지기 놀이를 하자."

나는 내가 지금보다 훨씬 더 작았을 때, 엄마가 모아 준 낙엽에 송이와 함께 누워 있던 걸 떠올렸다. 우리는 아주 작았으므로 우리가 그 낙엽 위에 몸을 던졌을 때 낙엽은 그대로 있었다. 겹겹이 쌓인 낙엽이 우리 몸을 받쳐 들고 내가 움직일 때마다 낙엽들끼리 부딪혀 바스락바스락하는 소리가 났다. 나랑 송이는 그 소리가 너무 좋아서 양팔을 기지개하듯 편 채 위아래로 흔들었다. 결국 귀 안에 낙엽 부스러기가 잔뜩 들어간 송이가 울음을 터뜨렸지만. 그 소리가 얼마나 좋았던지 혼자 우리를 키우느라 바빠진 엄마가 낙엽을 모아 주지 못하자 우리는 하루종일 집 앞에 낙엽을 모았다. 거의 송이 키만 한 낙엽이 쌓였다. 집에서 엄마 몰래 식탁 의자를 끌고 와서 나는 송이를 그 위에 올렸다.

"송이야. 내가 하나 둘 셋 하면 뛰어내리는 거야."

내가 말했다. 송이는 내가 하나를 외치자마자 낙엽 위로 뛰어내렸다. 낙엽 속으로 빨려 들어간 송이가 밖으로 나왔을 때 나는 깜짝 놀랐다.
　　송이의 얼굴이 고양이가 할퀸 듯 잔뜩 긁혀 있었다. 나뭇잎들 속에 들어 있던 잔 나뭇가지 때문이었다. 엄마가 모아 줬던 낙엽에는 없던 것들이었다.

그날 밤 잠들기 전 송이는 얼굴에 반창고를 잔뜩 붙인 채 낙엽 놀이는 세상에서 제일 재미있는 놀이라고 말했다.

이제는 몸집이 그때보다 커져서 낙엽을 좀 더 많이 모아야 할지도 모르지만. 왠지 그러면 쉽게 낙엽을 모을 수 있을 것 같았다. 그는 하늘을 날 수 있고, 정확히 날 수 있는 건 모르겠지만 바닥에서 띄울 수는 있다. 연에 있는 그림을 살아났다 없어지게 할 수 있고 웅덩이에 있는 돌을 금으로 만들 수 있으니 낙엽 모으는 것쯤은 아무것도 아닐 거란 생각이 들었다.

"낙엽이라면 이 숲에도 잔뜩 있어. 너를 여기서 다시 볼 수 있다면 나는 정말로 기쁠 거야. 연에 꽃을 그린 걸 봤어. 원한다면 꽃을 잔뜩 줄게. 꽃은 시간이 지나도 사라지지 않아. 내가 가지고 있는 씨앗들은 하루면 다 자라 꽃을 피우거든."

그가 허리춤에서 까맣고 작은 씨앗들을 꺼냈다. 그러면서 그는 내가 이제 집으로 가야 할 만큼 시간이 늦었다고 했다. 나는 그에게서 씨앗을 몇 개 받아 들고 집을 향해 떠났다.

꽃마리

내가 집에 도착했을 때 송이는 거실 소파에 있었다. 시계를 보니 12시가 넘은 시간이었다. 나는 소파 밑에 몸을 기대어 앉았다. 인기척을 느꼈는지 송이가 눈을 떴다. 평소와 달리 뾰족한 눈빛이었다. 오지 않는 나를 기다린 모양이었다.

"송이야. 오빠 새로운 친구가 생겼어. 이름은."

나는 말을 이어가지 못했다. 그의 이름을 모르는 까닭이었다. 나는 그의 이름을 모르지만, 그는 알고 있을 것이다.

"이름은 모르지만, 재주가 많은 친구야."

내가 소곤거렸다. 안방 문이 열려 있었다. 엄만 거실에서 움직이지 않는 송이를 설득하다 안방에서 잠이 든 것 같았다. 송이가 나를 바라봤다. 뾰족한 눈빛이 호기심 어린 눈빛으로 바뀌어 있었다.

"깃털처럼 가볍다는 말은 우리 송이를 두고 말하는 건가 봐."

나는 송이를 안아 들고 안방 침대로 갔다. 송이는 정말 가벼웠다.

새벽에 나가서 한밤중이 되었다. 침대에 눕자마자 낮에 수철이 패거리에게 얻어맞은 부위들이 욱신거렸다. 어디가 부러지거나 하진 않은 것 같았다.

솜방망이 같은 주먹들과 마른 나뭇가지 같은 발길질이었다. 그 녀석들은 지금쯤 악몽을 꾸고 있을 것이다. 하나님께 죄를 지었다고 고백하고 있을지도 모르지. 나중에 자기 자식들에게 아빠가 어렸을 때 아무 잘못 없는 친구를 흠씬 두들겨 패주었단다 라고 말하지는 못할 거다. 그렇게 생각하니 차라리 얻어맞은 것이 더 나았다. 나쁜 행동을 할 때는 모르지만 나중에는 결국 그 행동들이 나를 쫓아오고 있었다는 걸 알게 된다. 물론 그걸 알게 되는 것도 아주 나쁜 놈들이 아니라는 가정하에 그렇다. 어찌 되었든 당분간은 연을 날리러 가지 말아야지 하는 생각을 마지막으로 잠에 들었다.

다음 날 아침, 눈을 뜨자마자 고사리나물에 고추장을 비벼 밥을 와구와구 먹었다.

"엄마. 오늘은 저번에 못 땄던 고사리까지 합쳐서 가방에 넘치게 따 올게요!"

나는 엄마에게 어제 그에게 받아온 씨앗을 건네주고는 길을 나섰다. 어떤 꽃이 피어날지 궁금했다.

내가 숲의 입구에 들어서자마자 그가 옆에 있다는 걸 느낄 수 있었다.

"내가 올 걸 알고 있었구나?" 내가 말했다.
"마음을 느낄 순 없지만, 소리로 들었지."

그의 목소리였다. 모습을 드러내지는 않았다.

"왜 모습을 보여 주지 않는 거야? 이곳엔 너랑 나밖에는 없는걸."

"혹시 모르잖아. 너희 엄마가 나를 보면 너랑 내가 친구가 되는 걸 탐탁지 않아 하실 수도 있지. 어른들은 그렇잖아."

"그건 그렇지만. 엄마는 다를 거야. 우리 엄마는 다른 어른들이랑 다르게 꽤나 괜찮은 어른이거든."

그와 이야기하다 보니 어느새 숲의 웅덩이 앞이었다. 그는 곧바로 모습을 드러냈다. 그의 머리에 달린 뿔에 익숙해지려면 시간이 좀 걸릴 것 같았다.

"너도 이름이 있니?"

나는 그에게 묻고는 아차 싶었다. 당연한 질문이었다. 무례하다고 생각할 수도 있었다.

"마리. 엄마가 지어 주신 이름이야. 엄마는 이 숲에 피어나는 꽃들 중에 꽃마리를 가장 좋아했대. 연보라색 꽃잎이 사랑스러웠다고."

마리가 말했다.

"엄마는 지금 어디에 계시는지 물어봐도 돼?"

마리는 대답 대신에 하늘을 쳐다봤다. 말하지 않아도 알
수 있었다. 마법사들은 평생 살 수 있을 줄 알았는데. 그런
건 동화 속에나 존재하나 보다. 마리. 그의 목소리와 잘 어
울리는 이름이었다. 나는 마리와 함께 숲의 한 편에 나뭇잎
을 모았다. 그는 뱀딸기와 산딸기를 아주 잘 구별했다. 덕분
에 달콤한 산딸기를 잔뜩 먹을 수 있었다. 내가 이제 고사리
를 따야 한다고 하자 마리는 순식간에 가방이 넘치도록 고
사리를 넣어줬다. 마리의 손끝에서 고사리들이 끊임없이 쏟
아져 나왔다.

"숲에 있는 것들은 무엇이든 만들어 낼 수 있어."

마리가 손을 탁탁 털어냈다.

"그럼, 꽃마리도 만들 수 있어?"

마리의 밑에 떨어진 고사리 하나를
가방에 주워 넣으며 내가 물었다.

"그럼. 하루에도 몇 번씩 꽃마리를
만들어. 꽃마리를 보면 엄마가
생각나거든."

마리가 만들어 낸 꽃마리는 정말 연보
라색 꽃잎을 가지고 있었다. 앙증맞은 다섯
개의 꽃잎들이 말 그대로 사랑스러웠다.

"나 이거 가져가도 될까? 송이가 좋아할 거야."

내가 말했다.

"얼마든지."

마리는 허리춤에서 낡은 상자를 꺼냈다. 내 손바닥만 한

작은 상자였다. 마리는 상자가 꽉 차도록 꽃마리를 넣어 주었다.

"이제 갈 거니?"

마리가 아쉬운 듯 물었다. 마리와 노는 것은 정말 재미있었지만 가야 했다.

"송이에게 가 봐야 해."

나는 상자를 주머니에 넣으며 말했다.

"송이도 같이 놀면 좋겠다. 날 보고 놀라지 않으려나."

마리는 나와 헤어지기 싫은 것 같았다. 송이는 마리를 보고 놀라지 않을 거다. 내 친구라고 마리를 소개한다면 송이는 나만큼 마리를 좋아하게 될 거다.

"놀라지는 않을 테지만, 이곳에 오긴 힘들 거야. 내 동생은 지금 좀 아파. 병에 걸렸거든."

누군가에게 송이가 아프다고 말하는 건 오랜만이었다. 마음이 저릿했다. 눈물이 날 것 같기도 했다.

마리는 말없이 고개를 끄덕였다. 내 어깨를 토닥이기도 했다.

"원래는 엄청 통통했었는데 지금은 아주 말랐어. 아마 마리도 내 동생을 좋아하게 될 거야. 나보다 훨씬 재미있고 착한 녀석이거든. 내 재미없는 농담에도 항상 박장대소를 터뜨리곤 했어."

환하게 웃던 송이가 떠오르자 참을 수 없는 슬픔이 밀려왔다. 나는 울지 않으려고 눈을 꼭 감았다.

마리는 그런 나를 보며 무언가를 곰곰이 생각하는 듯하더니 이내 허리춤에서 무언가를 꺼냈다. 천 주머니였다. 안에는 토끼 똥만 한 동그란 환이 가득 들어 있었다. 마리는 그것을 내게 건네며 말했다.

"병을 당장 낫게 할 수 있을지는 모르겠어. 병든 동물들에게 썼던 약들이라. 그래도 효과가 있기를 바라. 이제 집으로 가봐. 송이가 너를 기다리고 있어."

눈사람

집에 도착했을 때 송이는 엄마와 함께 밥을 먹고 있었다.

"엄마, 오늘은 제가 송이를 먹여 줄게요."

나는 송이 옆으로 가 앉으며 말했다.

"우리 연우는 정말 다정해. 송이도 오빠가 먹여 주는 걸 더 좋아하려나? 그럼, 엄마 서운해."

엄마는 장난스럽게 웃었다.

나는 엄마에게서 숟가락을 받아 들고 고사리가 잔뜩 들어간 육개장을 한 숟갈 떴다. 그러고는 그 숟가락 밑에 마리가 준 약 하나를 쏙 집어넣었다. 송이는 평소에도 먹는 약이 많아서 토끼 똥처럼 생긴 약을 또 먹어야 한다고 하면 싫어할지도 모른다.

송이는 고사리와 함께 약을 잘 씹어 넘겼다. 나는 바로 송이의 얼굴을 살폈다. 약을 먹기 전과 별다른 차이점이 보이지 않았다.

"바로 효과가 나타나지는 않는구나."

내가 실망한 표정으로 중얼거렸다. 조금 실망한 건 사실이었다. 마리는 재주가 많은 친구였지만 사람을 낮게 하는 건 마리가 할 수 있는 일이 아닐지도 모른다.

나는 송이에게 남아 있는 고사리 육개장을 모두 먹여 준 다음 내 몫의 밥과 국을 다 먹었다. 고사리 육개장이라면 신물이 났지만, 나는 엄마가 해준 음식은 잘 남기지 않았다. 부엌에 그릇과 수저를 갖다 놓으려는데 누군가 우리 집 대문을 두드리는 소리가 들렸다. 우리 집에는 아무도 찾아올 사람이 없었다. 마리는 숲 바깥에서는 모습을 드러낼 수 없다고 했다.

"제가 나갈게요."

나는 밖에 나가 보려는 엄마를 얼른 쫓아가며 말했다. 마리가 찾아온 거라면 나랑 같이 들어오는 게 나았다.

나는 약간 떨리는 마음으로 문을 열었다. 문밖에는 아무도 없었다. 대신 노오란 국화 꽃다발 하나가 놓여 있었다. 마리였다. 마리는 내가 엄마에게 주려고 국화꽃을 그렸다는 걸 나랑 만나기 전부터 알고 있는 모양이었다. 내 얼굴에도 미소가 번졌다. 하늘색 포장지에 담긴 국화는 내가 봤던 어떤 국화보다도 더 아름다웠다.

"송이야! 어떻게 된 거야, 송이야."

국화꽃을 들고 거실로 들어오자마자 부엌에서 엄마 목소리가 들렸다.

"엄마."

송이 목소리였다.

나는 부엌으로 뛰어 들어갔다. 양손에 거품이 잔뜩 묻은 고무장갑을 끼고 있는 엄마 옆에 송이가 서 있었다. 자신의 두 발로.

엄마는 어떻게 된 건지 영문을 모르는 얼굴이었다. 약이 효과가 있었다. 거의 1년 만이었다. 송이 목소리를 듣게 된 건. 송이는 매일 앉아 있거나 누워 있거나 했다. 1년 전보다 키도 한 뼘이나 더 커 보였다.

"오빠."

송이가 자신에게 다가오지 못하고 눈물만 흘리고 있는 오빠를 보며 말했다.

나는 그 길로 달려가 송이를 껴안았다. 고무장갑을 벗어 던진 엄마도 나와 송이를 두 팔로 감싸 안았다. 우리는 한참이나 서로를 얼싸안고 눈물을 흘렸다. 송이는 엄마와 내가 울자 자신도 엉엉 울어 버렸다. 엄마는 송이가 무리해서는 안 된다며 송이 손을 잡고 안방으로 들어갔다. 방문 너머로 송이가 재잘거리는 소리가 들려왔다. 나는 곧장 내 방으로 가서 겉옷을 입고 나왔다.

"엄마. 저 잠깐만 나갔다 올게요. 금방 올게요."

그에게 가 봐야 할 것 같았다. 믿을 수 없었다. 송이가 낫고 있었다.

나는 숲의 입구로 뛰어 들어갔다. 밥을 먹는 동안 소나기가 왔는지 숲길이 온통 질척거렸다. 운동화에 진흙이 잔뜩 묻었다. 나는 아랑곳하지 않고 온 힘을 다해 웅덩이를 향해 달렸다. 내가 도착했을 때 나는 진흙 목욕을 마친 코끼리처럼 허리 아래가 전부 진흙이었다.

"헉. 헉. 마리! 마리 여기 있어?"

숨을 고를 겨를도 없이 마리를 불렀다.

"약이 효과가 있었나 봐."

웅덩이의 왼쪽 끝에 마리가 서 있었다. 아까와 똑같은 모습이었다. 마리는 나를 보더니 살짝 미소 지었다. 나는 고개를 끄덕이며 그에게로 달려갔다. 마리를 있는 힘껏 안아 줄 생각이었다.

마리는 자신에게 달려오는 나를 보며 당황한 것 같았지만 이내 팔을 벌렸다.

"아차차."

나는 그의 코앞까지 와서 팔을 다시 거둬들였다.

"내가 준 약은 꽤 효과가 좋아. 네 여동생이 다시 병에 걸리는 일은 없을 거야. 그러니 나에게 다시 약을 받으러 올 필요는 없어."

그가 덤덤한 목소리로 말했다. 목소리는 숨길 수 있었지만, 눈빛에서 느낄 수 있었다. 그는 슬퍼하고 있었다. 자기 모습 때문에 내가 걸음을 멈추었다고 생각하는 것 같았다. 하지만 그건 절대 아니었다.

"송이를 낫게 해줘서 정말 고마워, 마리. 널 안아 주러 달려온 게 맞아. 그런데 보시다시피, 내가 지금 진흙투성이가 되어서 말이야. 소중한 친구에게 진흙을 묻힐 순 없잖아."

내가 손을 내밀었고 그는 이내 환하게 웃으며 내 손을 잡았다.

연들의 천국으로 불리는 우리 마을에서는 여전히 연들이 휘날렸다. 마을 사람들이 잘 찾지 않는 숲의 웅덩이에는 햇볕이 내리쬐는 더운 여름에도 눈사람이 있었다. 세상에 존재하지 않을 것 같은 무늬를 가진 나비들이 날아다녔다. 나비들의 날갯짓 사이로 어린 여자아이 하나와 남자아이 둘의 웃음소리가 들려오곤 했다.

어느 날, 하늘에 떠 있는 독수리 연을 보았습니다.
연에 그려진 저 독수리가 살아나서 하늘을 날아간다면 어떨까? 하는 생각이 들었어요. 오래전 했던 상상이 《연을 날리면》의 연우와 마리를 만들었습니다.
외로운 마음을 꼭 안고 지내던 연우와 마리가 서로 친구가 되어 즐겁게 놀 수 있기를 바랐어요.
이 책을 읽는 어린이들이 모두 외롭지 않고 행복하기를 바랍니다.

연을 날리면

초판 1쇄 인쇄 2024년 12월 06일
초판 1쇄 발행 2024년 12월 13일
지은이 김예지

펴낸이 김양수
책임편집 이정은
교정교열 연유나

펴낸곳 도서출판 맑은샘
출판등록 제2012-000035
주소 경기도 고양시 일산서구 중앙로 1456 서현프라자 604호
전화 031) 906-5006
팩스 031) 906-5079
홈페이지 www.booksam.kr
블로그 http://blog.naver.com/okbook1234
페이스북 facebook.com/booksam.kr
이메일 okbook1234@naver.com

ISBN 979-11-5778-677-0 (73810)

이 도서는 충청북도교육도서관의 교직원 책 출판 지원 프로그램지원금을 받아 제작되었습니다.